長沙府嶽麓志卷之三

郡丞山陰趙 寧纂修

書院

三代設教自國學而下至于閭黨莫不有學葢明倫敦化不厭其詳且密也漢唐以來天下郡縣各設黌宮士之試爲弟子員者乃得遊之而閭黨之學則聽人自爲師家自爲訓非不道一風同也功名之路顯則性道之途微此唐宋諸儒殷勤宏道者所以有書院之興而與黌宮相補助乎天下四大書院獨嶽麓居首宋眞宗時頒賜中秘書立三

舍法召見山長拜官賜恩其後朱張兩大儒同集此地後先主教學徒千餘輿馬之衆至飲池水立竭一時有瀟湘洙泗之目焉其所以講明道學成就人才者詎不盛哉自今

聖天子重道崇儒媲休三代 丁大中丞以名臣宿學來爲開府下車之後首隆教化日進諸生于節鉞之下而訓誨之復又眷念嶽麓書院捐俸營葺煥肰一新益徵七郡二州之士肄業其中既資其膏火廩餼復爲置田以垂久遠安撫休風庶幾再覯且疏請於

朝賜額須經一如宋咸平紹熙故事多士之蒸化蔚
起者行將本性道爲經濟以拜獻
形庭賡歌喜起焉其爲造就豈特一郡一邑已哉麓
以岳霧而岳麓更以書院重山川之秀固與人
文相彪炳也若夫沿革年表以及有關于書院
者或仍舊志或稍增損具編于後使覽者知所
攷云

書院沿革 舊志

夫山川奇異與人文互相映發嶽麓清衡襟湘
其高華清穎之氣每足發聖賢元奧而啟翊方

來故自神禹開遢以來如陶侃馬燧裴休杜甫
沈傳師劉長卿輩開舍結廬雲仍星燦特以結
構不經公府顯聚不專師門是以有傳弗傳耳
至宋開寶郡守朱公始剏建書院以待四方學
者教化于是大行歷咸平中李公允則請以御
書藏山長周式且以行義著眞宗召見拜國子
二簿賜對衣鞍馬詔使歸院主教賜嶽麓書院
之額且給以中秘書於是書院之盛遂甲于天
下不虞南渡竟以兵火燹也乾道改元湖南安

撫劉珙復創新院爲屋五十楹內設禮殿肖塑

賢像加藏書閣山齋於堂北建風雩亭於南前

有濯清池泳歸橋楊柳堤臨江有船齋桴橋延

請張南軒主教事越三年朱晦菴聞南軒得胡

氏之學如長沙訪焉手書忠孝廉節四大字於

堂論中庸之義彌月叛赫曦臺於山頂淳熙末

直徽猷閣潘疇繼修之以教授顧杞兼山長南

軒門人吳獵稱堂長未幾復廢矣紹熙五年晦

菴安撫湖南興學嶽麓更建書院於爽塏之地

前刻禮殿泮池後有百泉軒堂室二層約百間

臨江建湘西精舍更置田五十頃聘醴陵貢生

黎貴臣克講書執事又別置額外學生十員以

處四方遊學之士依州學例日破米一升四合

錢六十文學者雲集至千餘人日侯公餘賓所

疑論說不倦時有諺云道林三百衆書院一千

徒一時輿馬之衆飲池水立涸風範所垂抑何

速且盛也傳九十餘年運使吳子良辟歐陽守

道爲山長稍爲興復德佑燬於兵迨元至元郡

人劉必大重建之延佑劉安仁爲郡別駕更撤
而新殿齋堂門悉如舊制左增諸賢祠右修百
泉軒又未幾燬於兵基臺故在而敗屋頹垣隱
見荒莽間遺址土田大半爲僧卒勢家所據且
碎其碑記越百五十年迄國朝成化太守錢澍
因元舊址重興之尋屬丘墟弘治通守陳鋼覓
斷碑於污蔓仍從舊院基剪闢荒榛剗崖數楹
刻誠明敬義二齋甃石數級上爲講堂北上特
祠祀朱張未久鋼以憂去且卒通守李錫司李

彭琢復山巔建高明亭仍置田供祀事以成陳
志二守楊茂元仍復尊經閣於杉菴舊址刻紫
陽遺蹟置經史廣訓教九年太守王瑫協力表
章備所未盡啟請善化訓葉性爲山長正德守
道吳世忠習堪輿謂風水背戾更向置新殿改
路隨水道縈繞出山口置田百畝誨諸生以學
庸通肯御史翁理實成之學道陳鳳梧以仮人
陳論頒書院事集郡邑學行純篤生肄業著大
學講義湖南道學淵源錄而學道張邦奇繼褎

之人文彬彬蔚起亦斯文之一大快也頹廢二十年餘爲嘉靖六年太守王秉良於舊院前建成德堂尊經閣後建東西講堂延賓集賢二館工未就而去太守孫存卒成之名其齋曰誠明敬義日新時習號舍曰天地人智仁勇闢三門於堂外題曰嶽麓書院廚湢器物具備共置田一千四百四十九畝名郡邑生卒業復請賜書置山長如白鹿洞例又請以御製敬一諸箴賜制可學道郭登庸改成德堂曰靜一太守季本

重修流盃曲水亭置田百四十畝時顧中丞取郡邑生習學武昌公遂進諸生於嶽麓日給米二升請郡人太守熊宇主教事明年中式者十餘人又足徵數君子振起之功也二守林華外撥食田爲文抬孝廉及三庠諸生卒業給餼淩沒至四十四年齋舍僅存二三館堂僅存其左司李翟台仍修葺焉及萬歷間巡道李天植殿元張元忭以講學僅修之太守吳道行合書院聖殿而重修之縣尹唐源因其敝陋而鼎新之

肰而號舍齋堂亦猶之乎昔也嗣是縣尹潘之撰張明憲司李林正亨先後恊謀以圖襄此役顧無如時絀費繁何崇禎二年縣尹黄承中奉按臺宋景雲檄亟力特建遞今規制似少讓古昔肰而盛舉相承斯文不墜考書院之興廢此其大都焉若夫歷來當路名賢增補亭坊振飾檣垣姑遵舊志詳之年表中後之生斯宦斯者留心文物振援中興復見古初勝蹟令經世出世之名流翹瞻雲集於以藏修游息亦未季一

甚盛事也爰提沿革之概於以俟稽古之君子採焉

書院廢興年表

宋太祖開寶九年州守朱洞始刱書院其蕆倡首

彭城劉鰲陸川主簿孫邈記 無攷

眞宗咸平四年三月知州李允則請以國子監經

籍賜建湘西書院

祥符八年召見山長周式拜國子監簿

高宗紹興元年安撫建安劉珙屬州學教授金華

邵穎建復書院張南軒記

淳熙十五年直徽猷閣潘畤繼修書院陳止齋記

光宗紹熙五年朱晦菴安撫湖南更建爽塏之地

理宗淳祐十年運使吳子良辟歐陽守道爲山長

恭宗德祐二年春正月元河里海牙兵燬書院

元世祖至元二十三年郡人學正劉必大重建書

院奉訓大夫朱渤記 無攷

仁宗延祐元年郡別駕瓅陵劉安仁以善化 王簿

潘必大重建書院吳草廬記

順帝至正末燬於兵

明憲宗成化五年知府金壇錢澍重興書院尋燬

孝宗弘治七年通判鄞縣陳鋼再建通判四會李
錫推官吉水彭琢復亭置田
九年知府四明王瑫同知鄞縣楊茂元協力重修
書院郡人學士李東陽記
十八年都指揮楊溥建大成殿
武宗正德二年守道叅議撫州吳世忠更書院向
扞大成殿於左改道路置負田三年學道陳鳳
梧以攸人陳論充山長
世宗嘉靖四年同知嚴陵俞夔掇石坊於江岸

五年學道咸寧許宗魯知府龍溪楊表改舊院講
堂爲六君子堂都憲嶺南黄裹記
六年知府西充王秉良建成德堂於舊院前增堂
舘置田工未就而去
七年知府婺州孫存卒成之共置田千餘畝復聘
陳論爲山長未至
九年婺源潘鎰增砌一亭得禹碑於山頂
學道郭登庸改成德堂曰靜一
十八年知府季本委義民楊秉賢徐廷玉等二十

人分任修葺自大成殿至號舍
秋七月清出楊受屋占禹蹟蹊官道卽令拆去
委義民黃栢捐俸立坊曰禹蹟蹊
二十年同知莆田林華集孝廉諸生肄業
三十八年推府吳人徐爌書正脈二字於朱張祠
三十九年知府濱州張西銘修禹碑亭
四十四年推官涇縣翟台重新書院知府蜀人蔣
弘德共成之郡人布政董策記
穆宗隆慶二年巡道嘉興卜相改高明亭爲翠微

亭砌朱張祠起至禹碑石路
三年知府成都高文薦重修建倉二間六君子堂
前
神宗萬曆十一年巡道廣德李天植重修書院
十八年知府濱州吳道行合書院聖廟鼎建
按院甘仕价檄府委湘陰縣丞俞堯中鼎新朱
張祠巡道曾如春記
二十一年知府吳復修殿堂亭閣砌岣嶁詩碑亭
二十二年巡道蘭谿徐學聚建聖神遺蹟坊於禹

碑亭

三十九年知縣錢塘唐源鼎新書院聖廟推官饒州陳大績助修吉州鄒元標記

四十年知縣璦山潘之㮚修聖殿講堂重新火燬之號舍

四十四年學道常州鄒志隆推官蘇州寧纚武知縣潘之㮚建道鄉臺於赫曦臺舊址置田令僧人本空奉祀

熹宗天啟元年知縣湖州張明憲修尊經閣靜一堂

四年推官福清林正亭修文廟四箴亭

崇禎元年知府廣州王命卿重修文廟

二年知縣安岳黃承中增修書院復奉按臺朱景雲檄修聖殿墻垣門坊郡人李騰芳記

三年兵道灤洲石繼嶽增建石亭於禹碑

十六年學道高世泰助長庠生王昌祚重建書院

皇清

康熙八年偏撫部院周召南重建書院文廟靜一堂六君子堂擬蘭翠微等亭有記尋燬

康熙二十四年偏撫都院廣寧丁思孔重修聖廟書院新齋祠舍煥然如舊知府蘇佳嗣郡丞趙寧通判王駿董其事遂安毛際可有記

二十六年偏撫丁思孔增建御書樓重修極高明道中庸翠微道岸諸亭郡丞趙寧董其事又增建文昌祠講堂自卑亭

廟祀

郡縣有學矣書院復有廟祀不近數乎曰祭菜示敬始教之道也時術之地觀感存焉何謂數乎故雖制不儕于黌宮而薦享有虔儼恪爰生亦足以嚴敬業之心矣若夫朱張之別祀六君子之嵩祠既崇迺學不忘有功從書院也亦可以風矣

舊志聖廟圖說

宋初僅有書院至乾道時劉安撫於書院前始剏禮殿中肖闕里聖賢像列繪七十子前爲泮

池苑門櫺星門自是晦菴先生更建書院如舊制而禮殿則五間也德佑燬於兵延佑劉別駕重建一如舊制各尊以王公號元末復燬於兵國朝成化錢郡守儻建禮殿繪聖賢像尋頹廢弘治間楊都閫特建大成殿於舊院前正德吳守道改之山左仍繪像殿後建明倫堂前增泮池儀門櫺星門翁直指建泮橋濯纓洗心亭於殿前而聖廟始嵬然有嵩地矣嘉靖年蔣去王公號太守潘公增敬一碑亭於明倫堂舊址今

改爲四箴亭翟司李繼修之萬歷吳太守用新
聖廟匾曰聖道中天李按臺立萬代瞻仰坊於
大成殿崇禎王太守黃卿達合力重新黃縣尹
奉宋按臺檄新聖殿戟門墻垣丹堊錯陳宮墻
炳煥茂林清泉兩兩映帶足以妥聖靈而壯大
觀矣

舊志朱張祠圖說

元時別駕劉公以朱張合祀朱郡守周山長劉
安撫額曰諸賢祠尋燬於兵本朝成化郡守錢

始特祀朱張於殿後堂而繪之像通守陳公名
曰崇道嘉靖間以木主易像吳人徐巖泉匾以
正脉萬歷廿按臺檄府鼎新祠宇太守吳公建
坊曰繼往開來移正脉宇增以斯文正脉天啟
林司李重修建之右豈有名人石刻近北孫太
守所建赫曦山下亭四十四年縣尹潘建亭祀
迫鄉先生轉磴道百級上則道中庸亭也

舊志六君子堂

夫六君子之祀謂其有功於斯文也據舊志謂

並祀者不止六君子葢以宋亾而書院廢矣元之重創則郡人學正劉必大郡別駕劉安仁元經兵火而書院又廢矣明之重創則郡守錢澍先後興教置田贍士肄業則郡守王秉良孫存潘鎰季本特建聖殿則指揮楊溥功俱不在六君子下而祠典缺如今特著之篇首以志表揚若嘉靖以來者不盡書也至萬歷郡守吳盧雚又曾塑像于祠而亦未列于祠矣

朱子書院教條

父子有親君臣有義夫婦有別長幼有序朋友有信

右五教之目堯舜使契爲司徒敬敷五教即此是也學者學此而已其所以爲學之序亦有五焉具列于左

博學之審問之慎思之明辨之篤行之

右爲學之事學問思辨四者所以窮理也若夫篤行之事則其修身以至於處事接物亦各有要具列于左

言忠信行篤敬懲忿窒慾遷善改過

右修身之要

正其誼不謀其利明其道不計其功

右處事之要

已所不欲勿施於人行有不得反求諸已

右接物之要

熹切觀古昔聖賢所以教人爲學之意莫非講明義理以修其身然後推以及人非徒欲其務記覽爲詞章以釣聲名取利祿而已今之爲學者既反

是矣肰聖賢所以教人之法具存於經有志之士固當熟讀而問辨之苟知理之當肰而責其身以必肰則夫規矩禁防之具豈待他人設之而後有所持循哉近世於學有規其待學者已爲淺矣而其爲法又未必古人之意也故今不復施於此堂而特取凡聖賢所以教人爲學之大端條列於左而揭之楣間諸君相與講明遵守而責之於身焉則夫思慮云爲之際其所以戒謹恐懼者必有嚴於彼者矣其有不肰而或出於禁防之外則彼所

謂規者必將取之固不得爲略也諸君其念之哉

按明時各省鄉學前釋地爲射圃士子並令習射
北通制也若嶽麓之有射圃則創自正德年學使
陳公鳳梧以書院亦有
聖宮因規倣學制而爲之觀德較藝亦造就人才
之盛心未可與亭圃供没也若夫所置弓矢候朴
鍾鼓琴瑟之禮器與經史典冊之藏書範銅之供
器引削之尊俎几案陳設之御具莫不有數今雖
空文無煩臚列而其人其事皆有嘉德存舊志紀
載之言亦足以埀考覽矣

舊志射圃圖說

夫男子生而懸弧射矢古人自八歲入小學即
教以射藝之文而使知夫參連之法故成周時
士在庠序者有賓客之事則以射有祭祀之事
則以射有歲貢於王則以射是射固男子所有
事也文以觀德武以勘亂合文武之道而一之
者所以入而相出而將斯無有不能射者蓋自
射禮廢文武分而天下無全材矣我國家稽古

典化凡秀民之育於庠序者竝令習射王正德
初督學廬陵陳鳳梧四明張邦奇俱令於嶽麓
相地興射圃備弓矢時山長陳論衛使楊溥遂
相度之爲圃爲亭備器數以待學者肄習此匪
直慫嬉遊角勝負一比耦之爲沾匕也蓋經文
緯武古人之意深遠矣近奉憲約凡衛文事故
仍於各學射圃考較射藝而章縫博袖竟以虛
文覩也又奚問嶽麓館宇多鞠爲蓁莽哉

舊志書籍紀

按宋真宗咸平四年州守李允則請頒九經御
書藏嶽麓書院祥符八年山長周式請增給中
秘書旋遭兵燹朱晦菴復乞賜九經御書踰三
百年國朝同知楊茂元買五經四書性理諸大
全嘉靖七年知府孫存復請賜書置山長今皆
廢佚無聞矣

湖南道統

孔孟而後道在濂洛由宋迄今紛明絕學者大豈限於方隅耶肰天實生周子於楚南而謂發皇於湘嶽之靈不誣也肰後濂溪之學授於程鄉程鄉固楚地而程以是傳之龜山龜山沿劉用以教士湖湘千里被之自是胡文定張南軒先後僑居長沙胡得楊氏學而以傳其子五峯南軒因從五峯得論仁親切之旨而晦菴乃折衷南軒相與講學於嶽麓者最久至真西山魏華甫知潭州並以周

程朱張之業勵士所謂有鄒魯風其相承可考也故明正德間學使陳鳳梧有湖南道學淵源錄書闕佚不傳後攸人陳論纂麓志而以道統派系次於書院之後說非無本矣茲詳爲補訂刻傳而以有明繼起者續焉

舊志真西山曰二程之學龜山得之而南傳之豫章羅氏羅傳之延平李氏李傳之晦菴朱氏此一派也上蔡傳之武夷胡氏胡傳其子五峯五峯傳之南軒張氏此又一派也

列傳

明正德間學使陳鳳梧有湖南道學淵源錄書佚不傳攸人陳論纂岳麓志引眞西山之言而以道統派系次於書院之後豈非以湘岳鍾靈道學斯盛而後之游息其地者學聖賢之學當繼先儒之志哉西山之言曰二程之學龜山得之而南傳之豫章羅氏羅傳之延平李氏李傳之晦菴朱氏此一派也上蔡傳之武夷胡氏胡傳其子五峯五峯傳之南軒張氏此又一派也寧按二程之學得之濂溪濂溪道州人也五峯南軒授受亦在湖南而考亭又講學岳麓最久他如龜山之知瀏陽西山之知潭州明張元忭王公喬之主講岳麓俱皆道學名臣流芳南楚肰則湖南道統之說詎不信哉今採先儒列傳編次書院之後而凡山長六君子以及遷謫三公諸賢執事郡守俱得附錄使見者聞者知所景仰亦知嶽麓之志有關道化非漫爲紀載也彼鳳梧之書雖不可見所謂道學淵源者大略不具是哉

周公敦頤字茂叔宋道州營道人元名敦實避英宗舊諱改焉以舅龍圖閣學士鄭向任爲分寧主簿調南安軍司理叅軍轉運使王逵薦移郴州桂陽令郡守李初平知茂叔賢不以屬吏遇之甞聞茂叔論學嘆曰吾欲讀書何如茂叔曰公老無及矣請得爲公言之初平逐日聽茂叔語二年果有得熙寧初知郴州趙抃及呂公著薦爲廣東轉運判官提點刑獄以洗冤澤物爲己任行部不憚勞

苦雖瘴癘險遠亦緩視徐按以疾求知南康軍因家廬山蓮花峰下前有溪合於湓江取營道所居濂溪以名之抃再鎮蜀將奏用之未及而卒年五十七謚議曰先生博學力行會道有元脈絡貫通上接洙泗下逮河洛以元易名庶幾百世之下知孟氏之後覩聖道者必自濂溪始採南安時程珦通判軍事視其氣貌非常人與語知其爲學知道也因與爲友使二子顥頤往受業焉茂叔每令人尋孔顏樂處所樂何事二程之學源流乎此矣故

顥之言曰自再見周茂叔後吟風弄月以歸有吾與點也之意伊川曰周茂叔窗前草不除問之云與自家意思一般明道少年好獵既見茂叔自謂無此好矣茂叔曰何言之易也但此心潛隱未發一日萌動復如前矣後十二年見獵者有喜心乃知茂叔非虛言也蒲宗孟曰嘉祐己亥泛蜀江道合陽與周君語三日三夜退而歎曰世有斯人歟黃庭堅曰舂陵周茂叔人品甚高胸中灑落如光風霽月戴格曰先生所得之奧不俟師傳匪由智索神交心契固已得其本統不然嗜溪流之衛寒愛庭草之交翠體夫子之無言窺顏淵之所以樂見果何味而獨嘯詠之耶晦菴曰濂溪在當時人見其政事精絕則以為宦業過人見其有山林之志則以為襟懷灑落有仙風道氣無有知其學者惟程大中獨知之這老子所見如此宜其生兩程也所著有太極圖說

楊公名時字立中宋將樂人稱龜山先生熙寧九年中進士第時河南程明道與弟伊川講學於熙

曁之際河洛之士翕然師之龜山謂官不赴以師禮見明道於潁昌明道甚喜每言曰楊君最會得容易其歸也明道目送之曰吾道南矣知瀏陽有惠政龜山安於州縣未嘗求聞達而德望日重四方之士多從之遊時天下多故有言於蔡京者以爲事至此必敗宜引舊德老成置諸左右庶幾猶可及時宰是之會有使高麗者國王問龜山安在使回以聞蔡京乃名爲著作郎及面對奏曰堯舜曰允執厥中孟子曰湯執中洪範曰皇建其有極

歷世聖人由斯道也李綱罷太學諸生伏闕上書一時軍民集者數十萬吳敏乞用時以靖太學龜山得名對欽宗乃以龜山兼國子祭酒言王安石宜追奪王爵毀去配享之像使邪說淫詞不爲學者之惑疏上安石遂降從祀之列士之習王氏學取科第者上疏詆之龜山遂請閒高宗即位除工部侍郎陛對言自古帝王未有不以典學爲務已而告老致政優游林泉以著書講學爲事龜山在東郡所交皆天下士先達陳瓘鄒浩皆以師禮事

之暨渡江東南學者推爲程氏正宗與胡安國往來講論尤多龜山浮沉中外四十有七年晚居諫省僅九十日凡所剣論皆切於世道後朱熹張栻之學得程氏之正其源委脈絡皆出於龜山卒年八十三謚文靖

胡公安國字康侯宋崇安人徙居長沙城南後提舉湖南學事公强學力行倡明絕學以聖人爲標的行誼爲課督郡人感其化建書院於故居會有旨舉遺逸安國以永州王繪鄧璋應二人因老不

行安國請命之官以勸爲文學者零陵簿稱二人黨范純仁且爲鄒浩所請託蔡京素惡安國與己異得簿言大喜命湖南提舉及湖北推治之無驗覔除名

胡公宏字仁仲稱五峯先生康侯季子也自幼志於大道嘗見楊中立於京師又從侯仲良於荊門而卒傳其父之學優游衡山下餘二十年玩心神明不舍晝夜綜事物於一原貫古今於一息所著書曰知言

功紹熙癸丑弥知潭州安撫屢辭不允甲寅二月
之任會洞獠侵屬郡公諭以禍福降之興學校明
教化更建書院爽塏之地屋舍百間食田五十頃
延山長主教事不獨長沙士子彬彬向學鄰郡生
至千人公日治郡事暇與諸生講論質疑瀟湘有
洙泗風家居二十年累遷煥章閣侍講所著易詩
四書啟蒙太極書西銘楚辭等集註韓文考伊洛
淵源等書年七十二卒贈太師謚曰宣從祀孔廟
眞公德秀字景元宋建之浦城人自少有志於學

登進士第以儒術飭吏宦遊所至惠政浹洽累官
禮部侍郎直學士院因經筵侍上進日此高孝二
祖儲神燕閒之地仰瞻楹桷嘗如二祖在上惟學
可以明心惟敬可以存心惟親君子可以維持此
心凡陳鯁言多類是守泉州日著心經自舜禹授
受以至六經四書諸大儒之言凡謂心之説靡不
畢備嘉定十五年以寶謨閣侍制兼安撫使知潭
州木廉仁公勤四字勵屬有湘亭諭屬詩請罷榷
酤和糴諸弊政立惠民諸法買心垂永尤樂育人

才以周程張朱之學勸勉士子是時講學雖廢而教化大行紹定間名爲戶部尙書入見以大學衍義進三乞辭祿卒謚文忠郡人特祠祀之

魏公了翁字華甫宋浦江人端平初以資政殿學士知潭州崇重道學先是寧宗禁僞學朱端勃之降靖州湖湘江浙之士不遠千里負書從學乃著九經要義百卷訂定精密先儒所未有也後屢名入朝廷臣多忌之日乞歸田里不允遂有是命

李公燔宋建昌人由進士從朱熹學熹告以曾子

弘毅之語燔以名其齋積久往見熹熹嘉之凡諸生未達者命先訪燔侯有所發乃爲折衷由襄陽授改判潭州眞西山爲帥府事悉以諮燔燔嘗曰人不必待仕宦爲功業但隨力到處可以及物卽功業也學者宗之謚文定

續傳

張公元忭字子蓋别號陽和明浙江山陰人本宋相魏公後天性忠孝介然不苟取與童丱時從父太僕公京邸卽物色諸縉紳臧否及朝政得失慨

然以古大賢自許嘗讀朱子格致章覆卷思之嬰疑已聞王文成良知之說乃灑然有悟自是日究心於此學矣既舉於鄉念太僕公遠宦竟輟計偕往省踰年乃歸嗣爲太僕公白事一歲而奔走南北者三以里計者三萬餘是時年幾三十髮隋然盡白云嘉靖辛未成進士賜殿試第一授翰林修撰初服官即竭忠讜多所建白已充内書堂教習懲時之弊特取忠鑒錄親爲係解又作訓忠諸吟令歌之異有所感悟尋陞左諭德充經筵講官啟

導盡職平時所孜孜者惟以講學爲急務學宗文成而每病世之學文成者多事口耳特以力行矯之嘗曰知善知惡是良知爲善去惡是格物此致良知宗旨也又言朱陸之學本同一源後人妄以意見分門戶滋生異議乃取朱子詩文摘其與文成合者彙成一書曰朱子摘編書出而紛紛異同之說渙然矣壬午皇嗣生齎書告楚中六王因上匡廬浮沅湘入武彝倘然山水間所至輒偕同志集聚講學遠近喁喁向風萬曆間兵憲李公天植

敦迎王講嶽麓士習翕然丕變湖南正學絶而復續云

王公喬齡明餘姚人王陽明先生高弟嘉靖中任長沙兵憲以理學抒經濟臨政持大體敦尚風節率三庠士講道嶽麓良知心訣多所發明稱理學名臣

山長列傳

周君式宋湘陰人爲嶽麓山長以行義著祥符八年眞宗召見拜國子學主簿詔留講諸王宮式辭賜對衣鞍馬使歸教授增給秘書勅賜嶽麓書院名額

舊志以周奭作式而祀之謬合兩人事蹟爲一段考奭南軒門人去祥符百五十年今應改正

吳君獵字德夫號畏齋宋醴陵人乾道初從學南

軒淳熙間潘畤聘克嶽麓堂長登進士第光宗召試守正字疏請覲重華宮以秘閣修撰知江陵擊金人克四川安撫荆湖樊襄蜀人祀之著有畏齋文集奏議十八卷

黎君貴臣字昭文宋醴陵人貢士受業朱子講明道學士多宗之克嶽麓講書執事

彪君居正字德美號畏齋宋湘鄉人從胡文定父子學講明經學不事進取爲嶽麓堂長人以彪夫子稱之

歐陽君守道字公權淳佑進士遲使吳子良聘爲嶽麓山長發明孟子正人心之論學者陳敬時族人歐陽新子必泰俱寓居焉

額祀府教授潛疇聘克山長事實無攷

陳論明攸邑諸生正德四年學道陳鳳梧以論志趣高邁可與向學取爲山長作嶽麓書院志後貢入國學嘉靖七年知府孫存復延爲山長論辭未赴

葉君性福州人弘治中善化諭克養有道不以世慮經心郡丞楊茂元聘克嶽麓書院山長及門之徒彬彬焉

六君子列傳

朱公洞朱開寶中守潭州始刱書院以待四方學者官至尚書世里無攷陳止齋記云朱守作書院五六十載之間教化大洽學者皆振振雅馴行義修好庶幾於古爲吏者嶽麓書院之興實自洞始

周式列傳見山長內

李公允則字垂範宋真宗時知潭州兼管轄湖南路廵簡兵甲公事興學嶽麓請頒九經御書祕馬氏暴斂有地稅牛稅枯骨稅茶稅公清除三稅勸

民墾田民饑以家資爲質於轉運使二次先賑後奏全活萬人

劉公珙字共父崇安人乾道元年知潭州兼湖南安撫以書院燬於兵力圖興復爲屋五十楹養士千人請南軒主教事且告以古人爲己之學刻顯青沈之文於壁以示學者至討叛李金劉花三等誅之終資正殿大學士臨卒戒用浮屠軍民祠祀

陳公鋼字堅遠鄞縣人由舉人成化令黔陽建寶山書院弘治初判長沙訪朱張遺跡得書院遺址遂捐俸治材建講堂齋舍特祠祀朱張三百年旣

墜之緒賴以與壽後以母憂去任卒於家

楊公茂元字志仁鄞縣人由進士弘治間山東副使以忤權貴謫同知以詩書餙治以興起斯文為任加意書院表章紫陽遺跡鎸於石歷官刑部侍郎

附遷謫三公傳

鄒公浩字志完宋晉陵人少以道學行誼稱嘗從伊川講學元豐五年進士哲宗除右正言以言事落職徽宗立召爲中書舍人蔡京忌之再謫衡州判道經長沙投宿嶽麓寺僧列炬迎士人方擬從游論學知潭州溫益遽遣州督監將數卒夜出城逼使登舟竟凌風絶江而去後朱張築臺於嶽麓曰道鄉臺示仰止之思迄今發人感憤

王公守仁字伯安別號陽明明紹興餘姚人童子

時問塾師何爲第一等事塾師言讀書登第爾陽明中不肰曰此未爲第一事其爲聖賢乎年二十一舉於鄉偏讀晦菴書有所自得二十八成進士上疏陳邊務擢刑部主事尋改兵部在京師專志講學與湛甘泉定交嘗相刻志此學幾作而與晚得交甘泉而後吾志益堅毅然不可遏云累官至僉都御史巡撫南贛汀漳平漳寇定宸濠之變封新建伯宦跡所到門人數十相隨揮麈談道未嘗以造次輟也先是正德間忤閹瑾謫貴陽道經長

沙汜湘沅弔屈賈寓嶽麓爲刖徙斤匕請良知之
學是時朱張遺蹟久湮賴公過化有志之士復多
興起焉

長沙縣志稱陽明寓壽星觀將遊嶽麓不果
題詩觀壁而去與舊郡志所載不符當以郡
志爲正

鄒公元標字爾瞻明江西吉水人自束髮即毅然
以綱常名教爲已任初舉進士抗疏論江陵廷杖
投荒忠直震於天下平居坦易接物藹然遇軍國

大故朝廷大議人才進退忠邪消長之故一語及
之意氣勃動不可遏在朝在野皆欲一炙其丰采
以爲榮得王文成格物之學獨心會於格其不正
而以歸於正之旨晚年造詣益深圭角盡化深以
矜激着意爲非熹宗登極由少宰晉總憲世方翹
望柄用忤權倖逐公去國過長沙寓嶽麓講學諸
名士從之遊崇禎朝錄憐禍諸賢論卹首被先生
謚忠介

賢執事傳

陳公鳳梧明廬陵人由進士正德年督楚學人文
蔚起試長沙岳麓稱得士會參議吳公世忠按部徙
置書院形勝久乃集郡邑純篤生肄業嶽麓以倣
人陳論領書院事著大學講義湖南道學淵源錄
爲論纂修麓志裁定精核麓之有志自公始
李公天樞明廣德州人以吏科給事任兵憲釐獘
舉廢恩威並著惓惓七典學維風季有督課敦延修
撰張公元忭講學嶽麓借陰兩書院至今理學昌
明士感教澤

高公世泰字彙瞻明無錫人崇禎辛巳由部郎衡
文三楚繩武忠憲公正學以爲教法特置濂溪書
院於會城徵集十五郡名雋肄業砥志賦四詩示
諸生提命宗旨過星沙會多士嶽麓山下蒞迴溪
切重書濂溪院詩留之麓山講堂長庠生王昌祚
用家修復書院工弗能竟公嘉其績助貲成之
與吳敬論麓志常崇重書院識議卓然原書錄入
序牒中

賢郡守傳

錢公澍明金壇人天順中自給事中權長沙知府公正寬平修舉廢墜百度咸新捐修文廟建尊經閣葺長沙諸忠賢祠晉心文教成化五年慨然興復嶽麓書院百數十年丘墟之地頓覩大觀厥功偉矣

彭公琢明吉水人弘治中司理長沙廉惠有聲以俸資入嶽麓書院置田養士復山巔極高明亭自廿冰蘗終其身弗改名載一統志名宦中

孫公存明榮州人由禮部郎擢守長沙文章政事竝優而清操特立晉心學校會前守王公秉良爲嶽麓增置尊經閣及講堂館舍工多未竣公卒成之更置三齋六號舍闢三門葢增拓饒田集諸生卒業復請賜書置山長如白鹿洞例并請賜敬一箴御製皆報可書院之盛振美一時

潘公鎰明婺源人嘉靖知荊州調長沙精明幹濟聲振一時修郡志新學宮惓匕造士得禹碑於麓山增敬一亭序刻性理三通葢崇儒好古斯文羽

翼也

季公本號彭山明會稽人由進士考御史來守長沙蚤聞新建致良知之旨著書數百萬言重修嶽麓曲水亭增置書院田百四十畝廩餼諸生敦延郡人熊宇主教事道風宦澤並膾炙人口

翟公台字震川明涇縣人由進士任司理刻意興起斯文修嶽麓書院增食田備器具又清復城南院地士風大振

吳公道行號虛菴明濱州人歷任太守九年培養人才鼎新兩書院集合屬之俊者肄業課藝屬敎諭彭宗壯廖自仲主教事月給廩餼人文大盛士賢而貧者捐俸周之士民立祠志去思又塑像於嶽麓六君子堂

與復公牒

潭州委教授措置嶽麓書院牒　朱熹

契勘本州州學之外復置嶽麓書院本爲有志之士不遠千里求師取友至於是邦者無所棲泊以爲優游肄業之地故前帥樞密忠肅劉公特因舊基復創新館延請故左師侍講張公先生往來其間使四方來學之士得以傳道授業解惑焉此意甚遠非世俗常見所到也而比年以來師道陵夷講論廢息士民不振議者惜之當職叨冒假守蒙

被訓詞深以講學敎人之務爲寄顧恨庸鄙弗克奉承到官兩月又困簿書未能一往謁殿升堂延見諸生詢考所合罷行事件庶革流弊以還舊規除已請到醴陵黎君貢士充講書執事與學錄鄭貢士同行措置外今議別置額外生十員以處四方遊學之士依州學則例日破米一升四合錢六十文更不補試聽候當職考察搜訪徑行撥入者庶幾有以上廣聖朝敎育人才之意凡使爲學者知所當務不專在於區區課試之間實非小補牒

敎授及帖書院照會施行仍請一面指揮若干人排備齋舍几案床榻之屬并帖錢糧官於本州贍學料次錢及書院學糧內通融支給須至行遣

興復書院劄　明吳世忠

本道先據長沙衛指揮楊溥呈稱嶽麓書院年久倒塌相應修理續據長沙府縣生員何鳳等呈稱嶽麓書院風水背戾所以屢興屢廢今欲修理必須畧移向址方可久長等因據此爲照修建書院乃斯文盛事當差風水人前去書院踏看山脈如

果風水背戾應與那改隨將淫祠拆卸一應木石磚瓦搬運赴院一面添修外仍倡率府衛縣官員師生隨力佐助約銀二三百餘兩隨發長沙府衛委官收支買辦木料顧募夫匠不許假此輕動在官錢糧一面責令各匠將新舊木料竪祟道祠尊經閣大成殿講堂儀門兩齋兩廡號房仍於儀門前鑿砌泮池七外爲櫺星門稍完改其路臨水道縈繞而出山口移建牌坊五間又稍完相其地位并立風雩亭詠歸橋以上務在完整承委官員務

要稟議而行或有未匠頑梗别有所見俱恭酌徑

自施行

呈詞

公請 題達嶽麓書院呈康熙八年 陶之典稿

爲恭逢 聖代崇儒建復嶽麓書院懇賜轉詳照

舊 題達以彰文教之盛事竊惟觀人文以化成

實關氣運樂英才而教育必藉振興何幸遭逢敢

虛盛事長沙古稱文獻之地人知嚮學士習尊經

而大魁名臣多在南宋當時有四大書院以嶽麓

爲冠蓋自宋初尚書朱公洞肇建

孔廟講堂齋舍厥制咸備嗣是賢者相繼代有規

模其修舉也宋則有劉安撫潘宣閣元則有劉别

駕明則有錢郡守陳郡倅楊郡丞諸當事之經營

其講學也宋則有朱張兩夫子明則有王文成張

殿元諸大儒之教澤寓內嚮風化同鄒魯然代經

守臣奏請 勅賜院額頒賜經書敦聘山長掌長

以春秋致祭

先師蠲糧田以餼士廣試額以作人筦鑰司存規

垂永久無何兵燹之後鞠為荒榛南軒義利之辯
不聞考亭安撫之賢難遘遂致科名替落教學衰
微幸際
熙朝爭思祓濯緣遇　本撫部憲宗師濂閩合轍
教養兼施學廢墜而復興士湔磨而知貴賢科蔚
起義塾觀型因而感動羣情公請重興書院合七
郡之士紳輸助苟同時之師率贊成董事得人朞
年竣役如　廟庭講院齋舍亭臺規制悉復舊觀
支民絕無煩擾除龐不請記外伏逢

今上冲齡天縱好學崇儒得毋仰契
聖心正可循行奏達懇乞轉詳比照宋時事例俯賜
題請敕為成憲俾美軼前人益煥中天之聖道功
垂奕禩永昭　盛世之儒風斯文幸甚地方幸甚

請丁大中丞誌序詳文

湖廣長沙府清軍同知加二十二級趙寧爲嶽麓
誌書將成祈請鴻篇弁首以光盛典以垂不朽事
竊念書院一誌上載朱張紹述之淵源下及名彥
後先之讚詠單詞隻語理趣無窮短賦長歌風華
備贍實爲繼往開來之要典維風範俗之徽音也
憲臺以當代儒臣爲斯文領袖重念典籍廢興關
係士風隆替乃于捐修書院之外復爲緝續遺編
豫然成帙真實心上契聖心道統兼資治統者矣

但一理萬殊務期扼要同源異派咸望指歸則
憲臺之大序引言急宜冠諸部首啓廸愚蒙至於
公餘詩賦若得廣被縹緗則木難壓多寶之舟卞
玉爲希世之秘所以羽翼先賢振興後學又屬
憲臺作人無已之至意也伏望早頒珠玉以便即
付棗梨事關大典非屬具文爲此申請伏乞照詳
施行

紫陽遺蹟題贊序畧 舊志 楊茂元

長沙實朱子遊宦之地然其遺蹟問諸故老亦鮮有知其詳者若嶽麓書院亦其遺跡之一也吾友陳堅遠既重建之矣其後有隙地茂元搆一閣庋諸書榜曰尊經暨訖工乃考文公年譜遺事之有裨於長沙者命爲八題曰麓山講學衡岳同遊安撫湖南諭降峒獠更建書院節制虎軍考正禮儀錄旌忠節并題書年譜之文於首命工分繪爲圖而各爲之贊於後合而名之曰紫陽遺蹟既成以

授郡庠生楊釗陳大用使揭於閣之四壁冀夫登而覽之者興起其尊賢尚德之心而思讀其書以學其道是或風化之一助也此則繪圖之意序其端以自勵且爲吾潭士民勸

麓山講學

年譜云乾道三年八月如長沙訪南軒九月抵長沙留止兩月而行二先生講論之言無所考按南軒贈行詩曰超然會太極眼底無全牛晦菴荅詩曰始知太極蘊要妙難名論則其往復而深相契

者太極之旨也又中和舊說序云予蚤從延平李先生學求喜怒哀樂之旨未達而先生沒聞張敬夫得衡山胡氏學往從而問焉是時范彥德侍行嘗言二先生論中庸之義三晝夜不能合其後先生卒更其說及攻之晦菴答南軒云蓋有我之所然而爾之所議又有始所共嚮而終悟其偏又有蚤所同擠而晚得其味蓋繳紛往返者凡十餘年末乃同歸而一致觀此則二先生之同道可知矣

贊　猗與嶽麓山翼書院二賢戾止審問明辨聖言之秘天道之微始也未契終也同歸

南嶽同遊

年譜云十一月偕南軒登衡嶽至櫧洲而別南軒游衡唱酬序畧云栻往來湖湘夢寐衡嶽之勝亦嘗寄跡其間獨未嘗登絕頂爲快也乾道丁亥新安朱元晦訪余湘水之上將道南山以歸乃始爲此游而三山林用中亦與焉

贊　南有衡嶽聯騎以過一張一弛載笑載歌孔登泰山而小天下前聖後賢其揆一也

安撫湖南

年譜云：熙四年十二月除湖南安撫辭五年正月再辭二月詔疾之任會峒猺侵擾屬郡恐其滋蔓遂拜命四月啓行五月至鎮在途所次老稚扶攜來觀夾道塡擁几不可行長沙士子素知向學及郡數百里間學者雲集先生誘誨不倦坐席不能容溢於戶外士俗勸動

贊　湖南雄鎮起公安撫戴白扶臨爭先快覩生徒雲集坐不能容三月之化百世之功

降諭峒猺

年譜云：遣諭峒猺降之猺人蒲來矢出省地作過或薦軍校田昇可用先生召問之以爲可招期以某日俘以來昇即以數十輩馳往取文書夜若告身者自隨諭以禍福來矢喜聽命遂并其妻子俘以至官給冠帶引赦不誅

贊　蠢爾荆蠻稔惡衮兕曾是戈甲以俾率從嚮翁片言角崩心革匪比於翁服此文德

重建書院

年譜云更建書院書院本樞密劉公舊規久廢先生擇士之淳實者任整復之訓置額只以待不由課試而入者共廩給使僅與祀庠等後更建於爽塏之地規模一新焉

贊　嶽麓之山湘水之右書院肇新賢哉二守更建爽塏雲谷主人超前啓後於萬斯春

節制虎軍

年譜云奏飛虎軍本州節制從之先生中教令嚴武備以飛虎軍馬爲百姓害罷不能禁故有是請

贊　飛虎戍卒强梗孔多肆虐吾民莫敢誰何公奏於朝聽我節制振揚威武寇掃寗矣

錄旌忠節

年譜云錄死節五人爲之立廟東晉王處仲之亂湘州刺史譙閔王司馬承起兵討賊不克而死紹興初金賊犯順通判潭州事孟彥卿趙民彥督兵巡戰臨陣遇害城陷日將官劉玠兵官趙聿之罵賊不屈而死五人皆以忠節歿王事而從前未有廟乃於城隍廟內創立祠堂象五人并象其奉佐

侍左右立位碑記其官職姓名奉祀如法後又請
於朝廟額曰忠節

贊　東晉一人南宋有四箴以忠節殁於王事公
錄之肖賜額褒旌四時奉祀慰死勵生

考正禮儀

年譜云考正太常所下釋奠禮儀申明指揮付學
官遵行先是在潭州任內得請施行既去官復格
不下至是前太常博士詹居仁還爲少卿乃復取
在平所被敕命下之本郡然吏文重複繁冗几不

可讀先生召還奏事行有日矣適苦目眚乃力疾
躬爲鈎校刪剔爲數條以付州案仍移學官及屬
縣且關帥司并下巡內諸州僅畢而行

題道鄉臺遺蹟　　遂安毛際可

道鄉臺者以鄒浩號道鄉而得名也浩以直諫謫衡陽道經星沙守臣温益下令逐客遂風雨夜渡湘江山僧列炬迎之後張南軒爲之築臺而考亭名曰道鄉刻石以記嗟夫方其流離奔竄幾以身爲長物豈知千載下此臺反因是以傳耶蓋宋時賢士大夫遷謫外郡一時承望風旨不許僦民舍以居多方廹逐必使之無所容而後止若黃山谷之在宜州竟至寢處戍樓風日不蔽以至于殁必有厄之使肰者肰其時守臣之姓氏不傳獨所謂温益者怙恃權位所得幾何而名遂與此臺俱永則小人亦何幸不幸焉吾願後之膺方州牧者其亦知所鑒也哉

南軒遺蹟 補

接紫陽遺蹟多守潭宦澤勒在麓庭至今猶可瞻仰若南軒先生僑居此地特爲來學築城南書院蔭嘉木漱清流樓閣軒亭之勝畢具不階事權而能與紫陽互相建置教澤何勤也自城南廢而聲響銷沉傳聞並絕吁可念哉今獨城南十景兩公所賦詩尚在披誦之使人企想慨然請自今以城南遺蹟亦勒之麓山朱張祠中以永其傳可乎

舊志城南書院説畧

南軒先生爲宋名儒從紫巖紹興三十一年以觀文殿大學士知潭州先生隨侍遂家焉乃卽妙高峯之陽築城南書院以待來學者中建麗澤堂書樓蒙軒月榭卷雲亭後爲高皐湘江橫前嶽麓圭峯金牛谷山橋洲一覽俱下而木茂泉清花香鳥韻城南佳勝此其最焉右多美竹名琮琤谷引錫潭水濟湖名納湖中有採菱舟聽雨舫號以十景南軒晦菴皆有題咏時當夜讀蛙聲聒耳設硯禁之其聲頓息因以禁蛙名

池考格古論曰城南書院四大字紫巖得意之筆年久蕪廢勢家僧徒冐而有之建高峯寺於阜上正德二年參議吳世忠學使陳鳳梧協謀清復尋歸藩府嘉靖四十二年推官翟台建堂五間於寺後萬歷六年復廢矣

舊志湘西書院說畧

宋潭士日居學讀書爲重嶽麓書院外於湘江西岸復建湘西書院州學生試積分高等升湘西書院生又分高等升嶽麓書院生潭人號爲三學等燬於兵火劉輔之重建傳至聯翁特托王樞使謙仲轉懇漕臺新之語載劄子中

舊志惜陰書院說畧

郡城靈觀渡之左舊有陶桓公祠嘉靖四年知縣呂廷爵創爲惜陰書院塑公像於中從公惜陰意而規制不甚備四十二年推官翟台恢其制中爲明道堂五間左右貯祭物堂前爲堦百步建亭於中曰洗心兩旁有池繞砌石欄曰禁蛙取南軒書院故事亭前爲大門竪坊曰惜陰書院堂後建祠五間祀公神主以其像移置於廟後登高阜爲聚英樓悉虛四面足供眺望樓後爲廣仁堂則多士所建以廣翟公之仁也左右隙地若干丈週圍墻垣從樓前分兩翼還至大門共號舍六十間集諸生肄業其中堂左向嶽麓爲望嶽樓七前爲望嶽亭亭左右有田數坵用之前爲塘西抵路北抵勘南抵吉府店後滿四圍俱有垣墻今悉頹淤而市民任意侵塡爲己地矣樓右有小塘七右一坪有倉五間貯租谷傍爲守者居焉外置田八百三十畝以贍來學者棹椅床櫈各百副郡人李棠劉應峯各

魏公其後南軒晦菴兩夫子講學潭州或過嶽麓或止城南益兩公往來游息之地是城南與嶽麓原相表裏也時代更遷講堂化爲僧舍學實荒矣明嘉靖間乃稍稍修舉教事顧念麓在湘西風雨江濤期會恒不達而城南故址不能更問之緇流其時當事乃即陶桓公祠拓爲書院以陶公運甓之語額曰惜陰既不墜陶公之祀而又於學者便焉是惜陰蓋繼起之城南因嶽麓而有者也嗟乎前賢用心之勤如此所謂終不可諠也烏可以其制之久廢而并廢其名也哉若夫湘西精舍原在嶽麓山下視麓庭若堂之有西偏家之有別墅是又無煩於牽附之喋喋矣

餼田

四民各有常業而唯士不謀食當其發奮志學苟非素封安所資業乎又況千里負笈勢不能裹糧此養士者所必留心于授餐之典也嶽麓書院創自宋初舊有餼田以贍生徒迨朱攷亭安撫潭州大興講誦增舍百間廣田至五十頃一時之士彬彬向化養教相資詎不信哉然為歲既久漸沒於豪右至明孫太守僅清復其什一合之諸當事新置自弘治至萬歷尚有田一千八百餘畝而季太守林郡丞之贈入不在數焉舊志紀載雖地名坐落非不班班詳明然世故變遷皆不可卒問矣茲蒙

丁大中丞重新書院特捐置田若干畝而士之輻輳者絃誦盈耳又豈非饘粥有資而後生徒可聚之一明驗耶茲書舊志備列餼田使夫繼起者留心作育或量捐增置或清復舊田悉于茲志有攷焉庶幾垂不朽而書院養教不至廢墜云

食田舊額

道林寺前田三十畝九十坵外茶園一所每畝穀五斗共穀十五石

西林寺前田三十畝一百八十五坵每畝租五斗共穀十五石牌坊邊大塘一口西林寺小塘五口屋基一所原額無糧業主廣慶外書院墻內田三畝今築爲西講堂鄒家冲田二十七畝屋基園十所大塘一口糧三石五斗其田星散不一業主周通周志高報納租八石餘租除業主納糧

以上實在田共八十七畝除糧納外共穀三十八石

屬善化二十都共銀八十三兩五錢弘治甲寅戊午等年糧刑官彭琢李錫參議吳世忠監生李經并歸受共置

新增田地塘

碑亭山前十畝四十七坵內除一畝幇大門基墻外挑破一畝

道林寺前十畝大小二十五坵

以上實田十八畝每畝租六斗共穀十石八斗

原額開墾價銀二十兩業主黃安嘉靖丁亥知
府王秉良置
書院闢坊前後塘下田十一畝三十五丘每畝租五斗
共穀五石五斗價八兩無糧道章蕭姓庸買原無
糧前代徐家屋場二十畝大小四十三丘外乾塘三口水
圳一條苧屋三間每畝納租四斗共穀八石原開
荒田軍舍吳進古僧盆鋒告出補開墾銀五兩
赫曦亭山下八十畝一百四十二丘塘三口屋基一所茶
所五十價十四兩六錢業主黃安

以上實田六十八畝共穀三十五石八斗知府
孫存置
長沙衛後所軍黃廷用黃釗隱開墾善化土墻頭
坪上等處無糧田數多縣民李應秀首出除秀與
廷用共耕五十畝與二家辦納原科米一石六斗
五升外坪上卜毛尾廷用住場四圍田一百零六
畝九分大小八十五丘共穀四十二石六斗屋場一所
大毛下二十二畝六丘共穀八石八斗
楊八溝余家背五十九畝五分三十一丘共穀二十三

石入斗　錫頭湖荷葉塘十畝三分納租四石

以上共無糧田一百九十八畝一百二十五分穀七十九石二斗嘉靖戊子知府孫存中呈屯田道屠

請入書院

長沙衛左所軍陳友賢等父祖寄居嶽麓隱舊額楊門內二百五十畝一百八十九分二小塘五口糧無升合賣與前所軍人譚玉每畝納穀五斗共穀一百二十五石知府孫存清出以復書院

又查陳友智將連報藍馬塘眞人港湯門外小冲

口龍王井嶠頭土南臺等處田六百六十畝私賣與軍人譚玉指揮張清楊溥王政皆書院五十頃數不能盡究俟後之君子攷焉

按朱張二先生置田千畝奈世遠人亡多爲勢家所隱　嘉靖初奉　撫按詳允本府問斷長沙縣絕民劉光微沒入官田各地名坵畝號段開後

龍家冲四十畝買長沙民李萬甫田五十一分水塘一口崖基一所糧二石每畝租五斗共穀二十石

人尺河五十畝買長沙民何敢清田三十二坵屋基一
所糧二石每畝租二斗共穀十石
小河邊二十畝買長沙衛軍周邦田十五坵屋基一
所軍糧一石每畝租二斗共穀四石
湖塘下四十八畝五分三十五坵屋基一所買長沙民
劉艮善田糧二石五斗每畝租五斗共穀二十四
石二斗
高小橋七十五畝十九坵天井塘一口屋基一所糧
三石五斗賣長沙民易正甫田每畝租五斗共穀
三十七石五斗
中州七畝買長沙民盧淮田四坵糧一斗一升每畝
租五斗共穀三石五斗
前所營十五畝典長沙縣民易允昌田七坵屋基一
所糧七斗每畝租三斗共穀四石五斗
高小橋二十六畝買長沙民易正元田四十五坵塘一
口屋基一所糧一石五斗每畝租五斗共穀十三石
天井湖七十畝買長沙民劉俊田四十三坵屋基一所
糧三石四斗每畝二斗共穀十四石

易家湖一百零五畝買長沙民何典田四十一坵小
一口糧三石每畝二斗共穀二十一石
毛頭山二十三畝買長沙衛軍何金田十三坵水塘
三口屋基一所軍糧一石五斗每畝租五斗共穀
十一石五斗
扭喪坪十七畝買長沙民高勝兕田八坵屋基一所
糧二石一斗六升每畝租五斗共穀十二石五斗
中州一石二十畝買長沙民盧清田五十四坵糧一石
每畝租三斗共穀三十六石大壩湖一口納租六

石
楓樹壠十畝買長沙民向文璁田三坵糧三斗五升
花塘一口屋基一所每畝租二斗共穀二石
湖塘尾二十六畝五分買長沙民劉良善田三十七坵
水塘一口屋基一所糧一石五斗每畝租五斗共
穀十三石二斗
包塘二十畝買長沙民劉習青田十一坵塘一口屋
基一所糧一石每畝租五斗共穀十石
塆竹塘二十五畝買長沙軍譚明兕田八十三坵水塘

三口屋基一所軍糧一石每畝租三斗共穀七石
神遊塘三十畝買長沙民蘇正甫田九坵屋基一所
塘一口糧二石一斗七升每畝租三斗共穀九石
谷塘灣七十畝買長沙民張友信田二十六坵塘一口
糧一石每畝租二斗共穀十四石
彭家壠九十八畝買長沙革彭友宣田一十八坵屋基
一所屯糧三石五斗每畝租五斗共穀四十九石
天井湖五十三畝買長沙民劉高美田五十坵糧一
石七斗每畝租二斗共穀十石六斗

黃沙港木瓜林七十畝買寧鄉民高倫田三十八坵糧
二石每畝租二斗共穀十四石
木瓜林十四畝買寧鄉高積彥田二十六坵屋基一所
糧一石每畝租二斗共穀二石八斗
黃家壩三十畝買長沙民馬萬慶田三十六坵土壩一
口糧一石每畝租二斗共穀六石
田湖尾二十七畝買長沙民譚伯億田十二坵屋基
一所糧七斗每畝租二斗共穀五石四斗
長北邊四十五畝買長沙民何倫田十八坵屋基一

杜隱占之弊云

以上新舊共田一千八百二十四畝共該穀六百五十二石五斗整　又

嘉靖巳亥知府季本增入田穀

湘陰縣二十九都土名馬氏楊九和田五十六畝六分該米一十五石五升折納穀三十石一斗

李政田三十七畝七分該米十石三升折穀二十石七升

王鉞田十八畝八分該米五石一升折穀十石三升

寧鄉四十九都地名板壁宋廷軏二十二畝水塘一口共該米七斗五升折穀一石五斗七升

善化十七都地名暮橋湖賀東安湖田五畝該米七斗五升折穀一石五斗

以上共租六十三石三斗申詳廵按姚分廵戴批允

庚子同知林華增入田穀